AF290091

Analyse de l'œuvre

Par Anne Crochet et Paola Livinal

Dans les bois éternels

de Fred Vargas

lePetitLittéraire.fr

Rendez-vous sur lepetitlitteraire.fr et découvrez :

Plus de 1200 analyses
Claires et synthétiques
Téléchargeables en 30 secondes
À imprimer chez soi

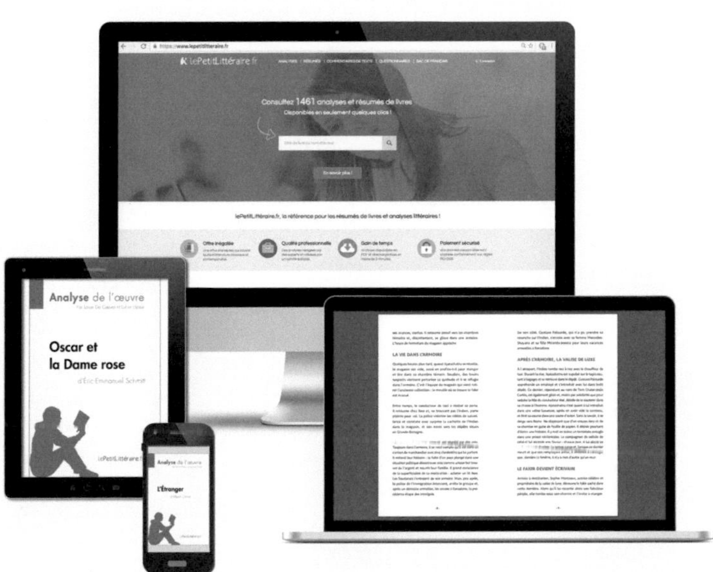

FRED VARGAS

ROMANCIÈRE ET ESSAYISTE FRANÇAISE

- **Née en 1957 à Paris**
- **Quelques-unes de ses œuvres :**
  - *Pars vite et reviens tard* (2001), roman policier
  - *L'Armée furieuse* (2011), roman policier
  - *Temps glaciaires* (2015), roman policier

Fred Vargas (de son vrai nom Frédérique Audoin-Rouzeau) est archéologue de formation et, dans un premier temps, chercheuse au CNRS (Centre national de la recherche scientifique) en tant que médiéviste. Son pseudonyme renvoie au personnage de Maria Vargas, interprété par Ava Gardner (actrice américaine, 1922-1990) dans le film *La Comtesse aux pieds nus* (1954), de J.-L. Mankiewicz (cinéaste américain, 1909-1993). La sœur jumelle de l'auteure, Jo Vargas, artiste peintre, a choisi le même pseudonyme.

L'écrivaine a publié à ce jour une quinzaine de romans policiers (*Debout les morts* [1995],

L'Homme à l'envers [1999], *Un lieu incertain* [2008], etc.), ainsi que des essais philosophiques (*Petit traité de toutes vérités sur l'existence* [2001], *Critique de l'anxiété pure* [2003], etc.). Ses romans connaissant un succès important, ils ont presque tous été récompensés en France ou à l'étranger. Fred Vargas est actuellement l'une des principales auteures françaises de polars.

DANS LES BOIS ÉTERNELS

UNE ÉNIGME MÉDIÉVALE AU CŒUR DE L'INTRIGUE

- **Genre :** roman policier
- **Édition de référence :** *Dans les bois éternels*, Paris, Viviane Hamy, 2006, 442 p.
- **1re édition :** 2006
- **Thématiques :** meurtre, schizophrénie, enquête, élixir de jouvence

Dans le roman *Dans les bois éternels*, le commissaire Adamsberg, responsable de la brigade criminelle de Paris, enquête sur le meurtre de deux hommes égorgés. Il retrouve sur cette mission la Dre Ariane Lagarde, une ancienne collègue. Parallèlement, il apprend d'une part qu'une dangereuse criminelle s'est évadée d'une prison allemande et, d'autre part, il s'intéresse aux morts étranges et violentes de cerfs en Normandie.

Adamsberg doit en outre gérer sa relation avec son ex, Camille, l'arrivée d'un nouveau lieutenant aux motivations obscures et la présence inquiétante d'une ombre sous le ciel parisien. Il arrivera finalement à lier les crimes initiaux aux décès des cerfs et à résoudre le mystère du *De sanctis reliquis*, une médication médiévale qui semble être la clé de l'énigme.

Ce roman a reçu le Trophée 813 (délivré par 813, association de défense du polar fondée en 1979) du meilleur roman francophone en 2006.

RÉSUMÉ

LES VICTIMES

Le commissaire de la brigade criminelle de Paris, Jean-Baptiste Adamsberg, enquête sur la mort de deux hommes qui ont été égorgés. Il rencontre la nouvelle médecin légiste, la D^re Ariane Lagarde, avec laquelle il a déjà eu l'occasion de travailler sur d'autres affaires.

Celle-ci est une spécialiste des tueurs schizophrènes, c'est-à-dire des meurtriers qui disposent de deux personnalités (qu'elle désigne par Alpha et Oméga) s'ignorant totalement. Ces individualités sont encore dites « dissociées » : en effet, tandis que l'une tue, l'autre vit normalement dans l'ignorance de ce que fait la première. Certains détails la mènent à penser que le meurtrier est une femme. Elle découvre également que l'assassin a piqué ses victimes sans leur injecter de produit.

L'équipe de la brigade s'agrandit peu à peu, et un nouveau lieutenant fait son arrivée : il s'agit de Louis Veyrenc. Celui-ci s'est engagé dans la brigade dans l'unique but de résoudre le mystère de l'attaque dont il a été victime lorsqu'il était enfant. De fait, il est persuadé que son supérieur, Adamsberg, y est pour quelque chose, et il semblerait en effet que le commissaire ait pris part à l'agression dans des circonstances qui restent floues.

De son côté, Adamsberg est confronté à des présences mystérieuses. Déjà, la maison où il vient d'emménager est, aux dires de son voisin, hantée par une religieuse, tueuse de femmes, ayant vécu au XVIIIe siècle : sainte Clarisse. Mais d'elle, il n'a rien à craindre.

En revanche, dans son cadre professionnel, il sent constamment qu'une ombre le menace. Il fait d'ailleurs part à Danglard, son collègue le plus dévoué, de ses mauvais pressentiments concernant cette présence néfaste : peut-être s'agit-il de Claire Langevin, l'infirmière ange de la mort arrêtée deux ans plus tôt. À l'époque, le commissaire avait établi sa responsabilité dans la mort de plusieurs personnes âgées. Aujourd'hui, elle est en cavale, et Ariane le met en garde contre de possibles représailles. Il avoue aussi à son ami ses craintes à propos de Veyrenc, notamment au sujet de leur passé commun.

Veyrenc est d'ailleurs chargé de surveiller Camille, l'ancienne compagne d'Adamsberg, qui est potentiellement en danger (lire l'ouvrage précédent, *Sous les vents de Neptune* [2004]). Il ignore tout des liens qui unissent la jeune femme au commissaire. Peu à peu, il tombe sous son charme, et tous deux entament une liaison, ce qu'Adamsberg apprendra plus tard. Entretemps, celui-ci accompagne Camille en Normandie, où, dans un café, il est informé du massacre d'un cerf dont on a réduit le cœur en bouillie.

La brigade a l'impression de piétiner dans son enquête, mais, au milieu de la nuit, sur une intuition, Adamsberg redirige les investigations vers le cimetière de Montrouge (Paris). Le gardien confirme son pressentiment : il a vu une ombre rôder dans les lieux. Une dalle a été soulevée, mais la tombe, celle d'une certaine Élisabeth Châtel, ne semble pas avoir subi de dommages.

Les recherches ne donnant rien, Adamsberg fait appel à Mathias, un ami archéologue, spécialiste de la terre. Celui-ci lui apprend que quelqu'un a retourné le sol et a ensuite tout remis en place. Il creuse à son tour et met au jour le cercueil fracturé. Arrivée au cimetière, Ariane ne trouve rien qui puisse faire avancer l'enquête. Elle apporte toutefois un nouvel élément : la personne qui a retourné le sol cire la semelle de ses chaussures.

LE MOBILE : LA QUÊTE DE LA VIE ÉTERNELLE

Le commissaire est appelé par l'un des Normands rencontrés au café : un nouveau cerf a été massacré, et un habitant a vu une ombre rôder dans le cimetière d'Opportune-la-Haute (Normandie). Adamsberg et Veyrenc s'y rendent, ainsi que Mathias, Ariane et Danglard. Le commissaire pense que la cause de la mort de Pascaline Villemot, occupante de la deuxième tombe visitée, n'est pas naturelle ; il essaie de le prouver.

Adamsberg, Veyrenc et Danglard rendent visite au curé du Mesnil, le confesseur de Pascaline, mais aussi celui d'Élisabeth – dont on sait maintenant qu'elle a également été tuée –, car toutes deux étaient originaires de la même région. L'homme d'Église possède un exemplaire du *De sanctis reliquis* de 1663, dans lequel on trouve un remède pour la vie éternelle.

Le commissaire s'interroge alors sur certains évènements étranges qui se sont déroulés à Opportune, notamment un vol de reliques et l'émasculation d'un chat. Selon lui, l'assassin tente de réunir tous les ingrédients nécessaires au remède pour vivre éternellement. Il doit pour cela récolter trois « vif[s] des pucelles » (p. 233) dont la signification est donnée plus tard par le Dr Romain (p. 323), le médecin légiste que remplace Ariane Lagarde. Il en déduit que Pascaline et Élisabeth étaient certainement deux des trois pucelles requises, et qu'une troisième femme est donc en danger.

Peu de temps après, un membre de l'équipe disparait : il s'agit de Violette Retancourt, elle aussi originaire de ce coin de Normandie. Tout le monde est persuadé qu'elle a été enlevée afin d'obtenir l'ingrédient manquant pour réaliser l'élixir. Mais ils se trompent : en réalité, elle a découvert l'identité du meurtrier, qui n'est autre que la D^{re} Lagarde.

Adamsberg découvre que Veyrenc et Camille ont

une liaison. Il demande alors à l'un de ses lieutenants de mettre Veyrenc sur écoute. Au cours de l'une de ces écoutes, le commissaire réalise que Veyrenc est en train de se faire agresser par ceux qui l'avaient déjà attaqué lorsqu'il était enfant. Il prévient alors la brigade et se lance à leur poursuite.

Les agresseurs sont interceptés. Blessés, ainsi que leur victime, ils sont transportés à l'hôpital où, plus tard, Adamsberg les convainc de s'en aller en échange de la promesse de ne plus approcher Veyrenc. En effet, l'ayant mis sur écoute de manière illégale, il ne veut pas d'ennuis. Veyrenc, qui écoutait en cachette, est bouleversé, car il apprend que c'est pour le protéger que son père a autrefois vendu sa vigne.

Le commissaire rend ensuite visite à l'ancien médecin légiste, le Dr Romain, qui est la dernière personne à avoir vu Violette Retancourt. Celui-ci l'aide à comprendre l'expression « le vif des pucelles » (p. 323), qui fait référence aux cheveux. Le tueur – ou la tueuse – a donc vraisemblablement déterré les corps de Pascaline et d'Élisabeth pour récupérer leur scalp.

Adamsberg est convaincu que Retancourt est aux mains de Claire Langevin, qui chercherait une troisième vierge. Selon lui, la Boule, le chat adopté par la brigade, est le seul à pouvoir retrouver Violette, car elle est sa préférée. Les policiers lui placent alors un émetteur et le lâchent dans la ville. L'animal retrouve en effet Retancourt au seuil de la mort, dans un hangar abandonné. Là, les policiers découvrent aussi des indices de la présence de Claire Langevin, mais Adamsberg apprend finalement que Retancourt n'est plus vierge, ce qui remet en question l'avancée de l'enquête.

LE PIÈGE

La brigade essaie néanmoins de décoder la formule du remède trouvée dans le *De sanctis reliquis* : l'un des ingrédients se trouve dans le cœur du cerf. Cette information réoriente les recherches. Adamsberg retourne alors en Normandie, où il apprend qu'un troisième animal a été tué, ce qui indique qu'une vierge va bientôt être assassinée, si l'on suppose que le meurtrier respecte à la lettre la médication du livre.

Convaincu qu'il « reste à guetter le prochain

abattage d'un cerf » et que « la troisième vierge [...] sera dans son immédiate proximité » (p. 369), Adamsberg requiert la vigilance du groupe des Normands. C'est ainsi qu'ils parviennent à identifier la troisième victime, Francine Bidault. Adamsberg demande alors aux policiers de la surveiller étroitement. Mais l'ombre parvient tout de même à pénétrer chez elle : tandis que le brigadier chargé de sa surveillance est retrouvé mort, Francine a disparu. Adamsberg se rend compte que tous les indices le mènent sur une fausse piste. Il soupçonne alors Veyrenc d'être le meurtrier et lui tend un piège.

L'ombre rode à nouveau autour de Retancourt. Adamsberg, Danglard et Estalère font le guet à son chevet et parviennent enfin à arrêter l'« esprit malfaisant » : il s'agit d'Ariane. Le commissaire comprend que la médecin légiste est une tueuse dissociée. C'est elle qui a assassiné Pascaline et Élisabeth, mais également les deux malfrats retrouvés égorgés : Ariane les avait recrutés pour déterrer le corps de Pascaline afin de récupérer son scalp, avant de s'en débarrasser.

La brigade l'interroge, mais la partie Alpha de son cerveau, normale, réfute toutes les accusations.

Ariane tente d'avaler la fameuse mixture, mais Adamsberg l'en empêche. Il compte néanmoins lui en restituer une partie en douce, car il a conscience que cela soulagerait ses souffrances : « J'ai pensé qu'il valait mieux qu'elle l'avale, en fin de compte. Pour que son travail soit à peu près fini. » (p. 429)

Adamsberg et Veyrenc se rendent sur leur terre natale, le Béarn (Nouvelle-Aquitaine), pour régler leur différend sur l'agression de celui-ci enfant. Adamsberg lui prouve qu'il n'était que le témoin forcé de cette attaque, car il avait les mains liées par ses agresseurs. Le couteau portant ses initiales et retrouvé sur place conforte le récit de sa tentative manquée de se libérer pour venir à son secours. Quant à leur rivalité amoureuse, elle reste en suspens : « – Quand laissez-vous Camille ? Veyrenc détourna la tête. – Bon, dit Adamsberg en se calant contre la fenêtre du train pour s'endormir aussitôt. » (p. 437)

De retour à Paris, tous fêtent avec la brigade le retour de Retancourt et apprennent la mort accidentelle de Claire Langevin, qui avait été libérée par Ariane.

ÉTUDE DES PERSONNAGES

LE COMMISSAIRE JEAN-BAPTISTE ADAMSBERG

Adamsberg, commissaire de la brigade criminelle de Paris, est apparu pour la première fois dans *L'Homme aux cercles bleus* (1991) pour devenir le héros récurrent de l'œuvre de Fred Vargas.

C'est « un petit homme brun » (p. 299), « au corps nerveux et [aux] mouvements lents, [avec un] visage aux reliefs composites, [des] vêtements froissés, et [le] regard de même » (p. 28). Ce physique particulier et l'expressivité de son visage confèrent au policier un certain charme auquel ni Camille (son ancienne compagne, avec laquelle il a eu un enfant, Thomas) ni Ariane Lagarde ne sont insensibles. Adamsberg est originaire du Béarn, une province à laquelle il est profondément attaché et où il va se ressourcer en cas de coup dur. Son nom signifie d'ailleurs « fils de la montagne ».

Le commissaire est une personnalité controversée dans le monde policier. Son attitude nonchalante et désinvolte, ainsi que sa manière flottante de penser et de procéder, comme s'il n'avait pas de méthode d'investigation à proprement parler, déplaisent fortement à certains.

Il se laisse ainsi guider par son intuition – comme lorsqu'il redirige l'enquête vers le cimetière de Montrouge – et accorde parfois la priorité à ce qui, aux yeux des autres, ne la mérite pas : « – J'avais un rendez-vous impérieux, et pris depuis un an. – Avec ? – Avec le printemps, qui est susceptible. » (p. 72)

Mais son comportement fait aussi d'Adamsberg un personnage intrigant. Assez indifférent aux choses matérielles, souvent imperméable aux réalités et aux contacts humains (il a par exemple du mal à retenir les noms de ses coéquipiers, preuve que ce n'est pas très important pour lui), il peut néanmoins se mettre dans des colères terribles, quoiqu'il soit également un homme capable d'empathie et de compréhension.

LE COMMANDANT ADRIEN DANGLARD

Garde-fou du commissaire, le commandant Adrien Danglard est également son plus ancien collaborateur et son collègue le plus dévoué. Père célibataire de cinq enfants qu'il adore, le commandant a un sérieux penchant pour l'alcool – un fait connu d'Adamsberg, qui ne lui en fait néanmoins que très rarement le reproche. L'origine de cette addiction est peut-être à chercher du côté de l'angoisse existentielle permanente de ce personnage qui n'accepte pas qu'une question soit laissée sans réponse. En bien des occasions, cette attitude l'oppose d'ailleurs au nonchalant Adamsberg, bien que les deux hommes se vouent un profond respect mutuel.

Cet « élégant déglingué » (p. 138), ce « grand gars raffiné [...] avec l'allure d'un académicien écœuré » (p. 139) est un homme dont l'érudition et la mémoire remarquables ont souvent joué un rôle important dans la résolution des enquêtes. Et c'est encore le cas ici, puisque c'est notamment lui qui repère le manuscrit *De sanctis reliquis* chez le curé d'Opportune.

LA D^{re} ARIANE LAGARDE

Célèbre médecin légiste, la D^{re} Ariane Lagarde, une séduisante femme de 60 ans, remplace le Dr Romain, victime de malaises à répétition, au sein de la brigade. Elle est spécialiste des tueurs dissociés, c'est-à-dire des personnes au sein desquelles cohabitent deux personnalités qui s'ignorent. Elle a déjà travaillé avec Adamsberg – lorsque celui-ci commençait sa carrière –, mais un sérieux différend sur une affaire avait mis fin à leur collaboration.

L'enquête d'Adamsberg finit par lever le voile sur la personnalité dissociée d'Ariane. Élevée en Normandie, elle a eu accès dès son plus jeune âge au livre *De sanctis reliquis* et connait donc la médication pour atteindre la vie éternelle. Sa partie Oméga met à la fois au point une vengeance contre son mari (qui l'a abandonnée pour une femme plus jeune), qu'elle assouvit en tuant l'amante de ce dernier, et contre Adamsberg (qui l'a humiliée sur le plan professionnel : ses supérieurs lui ayant reproché de ne pas avoir écouté Adamsberg, à l'époque, sa promotion avait été retardée).

Ariane Lagarde met d'abord le Dr Romain sur la touche en le droguant, puis postule pour occuper sa fonction. Alpha effectue les autopsies, mais ne retrouve que les indices laissés volontairement par Oméga : c'est donc de bonne foi qu'Alpha aiguille le commissaire sur une mauvaise piste, laissant ainsi à Oméga une marge de manœuvre plus large.

Cette dernière, obsédée par l'idée de retrouver sa jeunesse perdue, tue les vierges et les cerfs pour rassembler les ingrédients de l'ancienne médication qui promet la vie éternelle, enlève Violette Retancourt et essaie de l'assassiner à la clinique lorsque la policière l'a démasquée. Elle est finalement arrêtée par Adamsberg, qui met au jour sa maladie même si, dit-il, « on ne saura jamais si elle nous a joué la comédie pour ne rien avouer, ou si elle est une dissociée vraie. Et si cela existe totalement. » (p. 436)

LE LIEUTENANT VEYRENC

Nouvellement arrivé au sein de la brigade, le lieutenant Louis Veyrenc de Bilhc est originaire du Béarn, comme le commissaire. Sa présence dans la brigade n'est pas due au hasard : le policier a voulu se rapprocher d'Adamsberg pour éclairer le mystère qui plane encore autour de l'attaque dont il a été victime durant son enfance et dont les différents protagonistes n'ont pas tous été identifiés. Il pense en effet que son supérieur a joué un rôle important dans cette histoire.

Cet homme relativement beau (il séduit Camille, au grand dam d'Adamsberg, et ne laisse pas Violette Retancourt indifférente) possède une chevelure brune zébrée de roux. Élevé par une grand-mère férue de Racine (poète tragique français, 1639-1699), il s'exprime en alexandrins (vers de douze syllabes) lorsqu'il est énervé ou perturbé : « J'irai plus sûrement si j'avance sans hâte/ Il n'est pas de combat que l'empressement ne gâte » (p. 149), énonce-t-il en pensant aux comptes qu'il veut demander à Adamsberg concernant l'épisode violent de son enfance.

Ses relations avec le commissaire sont très tendues, puisque Veyrenc cherche des réponses à ses questions, tandis qu'Adamsberg ne semble pas vouloir les lui donner et laisse ainsi croire à sa culpabilité. On apprend finalement que Jean-Baptiste Adamsberg était bien présent au moment du drame, mais que, prisonnier des agresseurs, il n'a pu qu'assister impuissant au lynchage de Veyrenc.

Celui-ci apprend également les motivations de cet acte de violence de la bouche de son supérieur : l'agression avait été commanditée par l'adjoint du maire de l'époque, qui voulait s'approprier les terres vinicoles du père de Veyrenc ; comme celui-ci refusait de les céder, l'adjoint avait organisé une expédition punitive contre son fils et, peu de temps après, le père de Veyrenc avait vendu son terrain.

Outre cette affaire, les deux hommes se disputent le cœur de Camille. Quand Adamsberg découvre fortuitement leur liaison, il met illégalement Veyrenc sur écoute, ce qui lui sauve par ailleurs la vie.

LA LIEUTENANTE VIOLETTE RETANCOURT

Originaire de Normandie, cette solide jeune femme blonde de 35 ans est l'un des piliers de la brigade. Même si elle a parfois des opinions divergentes de celles de son commissaire, Adamsberg entretient avec elle une relation particulière, qui a débuté au Québec (lire *Sous les vents de Neptune* , roman de la même auteure dans lequel Retancourt lui sauve la vie).

Retancourt possède la faculté de convertir son énergie, autrement dit de mobiliser toutes ses forces pour la réalisation d'une action en particulier. Ce don est précieux pour la brigade et lui sauvera la vie, puisqu'elle se mettra en hypothermie pour survivre à son agression.

Au cours de l'enquête, lorsqu'il est avéré que le criminel s'attaque à des jeunes femmes normandes et vierges, l'équipe pense que Violette est une victime potentielle. Sa disparition semble confirmer leurs suppositions. Néanmoins, son enlèvement est en fait dû à une autre raison : ayant découvert avant tout le monde l'identité de la meurtrière, elle est capturée par Lagarde et laissée pour morte dans un hangar. Retrouvée par le chat de la brigade, la Boule, Retancourt survivra, mais sera à nouveau la cible de la médecin légiste, dont la seconde attaque sera heureusement déjouée par Adamsberg et Danglard.

CLÉS DE LECTURE

UN GENRE POLICIER LUDIQUE

Un roman policier

Nonobstant sa présence dans le roman populaire du XVIIe au XIXe siècle, sous plusieurs dénominations – « roman criminel », « roman judiciaire », « roman d'aventures policières » (OLIVIER-MARTIN Y., « Origines secrètes du roman policier français », in *Europe*, n° 571-572, novembre-décembre 1976, p. 144-149), le roman policier moderne s'impose véritablement comme genre littéraire entre 1920 et 1940, à partir du *Detective novel*, né en Grande-Bretagne (CHASTAING M., « Le roman policier "classique" », in *Europe*, n° 571-572, novembre-décembre 1976, p. 26-50).

Maxime Chastaing définit ce qu'est le genre policier en rapportant comment les constructeurs du *Detective novel* bâtissent la structure de chaque histoire, dans le but de restaurer l'ordre qui a été troublé :

« Les rationalistes récits policiers apparaissent ainsi comme des édifices à trois étages. La raison, au premier étage, pose un problème ou énigme. Au deuxième étage, parce que l'énigme lui semble impossible à deviner, elle incline à transformer cette énigme incompréhensible en énigme incroyable et, par conséquent, en mystère [...]. Au troisième étage, elle dissout le mystère et résout le problème. » (*ibid.*)

Quant aux protagonistes de l'histoire, ils forment un trio inévitable : « la victime, le coupable, le détective [...]. Tous trois se disputent l'enjeu de la fiction. » (Rivière F., « Fascination de la réalité travestie », in *Europe*, n° 571-572, novembre-décembre 1976, p. 109). Ainsi sont posées les bases de la fiction policière.

À compter du chapitre III, le lecteur est véritablement plongé dans l'univers du roman policier. Le rapport du médecin légiste sur la mort de deux jeunes hommes retrouvés égorgés fournit très vite une piste sur la nature du meurtrier : il doit s'agir d'une femme. Dès lors, le commissaire Adamsberg mène l'enquête ; une enquête qu'il dirige à sa manière, fidèle à ses intuitions, pour répondre à des questions précises : qui a égorgé les deux jeunes hommes ? Qui assassine des jeunes femmes vierges ? Qui ouvre leurs tombes quelques mois plus tard ? Qui abat des cerfs pour en extraire le cœur et le déchiqueter ? Qui vole les reliques d'un saint ?

Comme on le voit, l'affaire pose plusieurs énigmes – dissociées de prime abord –, et, problème supplémentaire, les évènements se déroulent sur deux territoires géographiquement éloignés (Paris ; les villages normands). Mais les difficultés aiguillonnent plutôt Adamsberg qu'elles ne le découragent. Si des questions restent en suspens, le commissaire ne doute pas de trouver les réponses malgré les aléas – la fausse piste de Claire Langevin, l'infirmière tueuse, ou le découragement qu'il ressent quand il désespère de trouver la troisième potentielle victime.

À la manière de Sherlock Holmes (détective créé en 1887 par sir Arthur Conan Doyle [écrivain et médecin britannique, 1859-1930), le commissaire Adamsberg tient le rôle principal ; c'est de son point de vue que l'histoire se déroule. La solution du mystère se cache en Normandie, et c'est sur le terrain qu'il interroge les gens du cru. Toutefois, il n'agit pas en solo (des réunions sur l'enquête ont lieu à Paris), bien qu'il n'explique pas toutes ses décisions. La brigade lui obéit même sans vision claire de là où leur chef veut aller.

Une « mutinerie » voit le jour (p. 278), mais elle est seulement passagère. C'est l'occasion pour son adjoint Danglard de tenir ferme face aux frondeurs, car malgré ses propres doutes sur la méthode d'investigation du commissaire, il lui accorde sa confiance, à l'instar du Dr Watson, l'acolyte de Sherlock Holmes.

Une atmosphère gothique

Le commissaire interroge, cherche, trouve, fait des déductions et relie les évènements entre eux, mais son enquête est rapidement placée sous le signe de l'ombre : celle de sainte Clarisse, celle de Claire Langevin, mais aussi l'ombre de l'assassin présumé, qui hante les cimetières et les bois.

Et de fait, édité dans la collection « Chemins Nocturnes » – un nom adéquat pour ce récit où le narrateur conduit (ou égare) son lecteur sur des pistes tortueuses, à l'aveuglette et dans une ambiance inquiétante –, le roman de Fred Vargas est encore caractérisé par une atmosphère géné-

ralement propre au roman noir ou gothique du
XVIIIe siècle (1764-1830).

LE ROMAN GOTHIQUE

Le qualificatif de ce genre littéraire trouve son origine dans l'ouvrage d'Horace Walpole (écrivain britannique, 1717-1797) : *The Castel of Otranto. A Gothic Novel* (1764). Trente ans plus tard, la mention de roman gothique est recouverte par celle de roman noir, « expression qui désigne également une catégorie de romans policiers » (BAUDOU J., *L'encyclopédie du fantastique*, éditions Fetjaine, 2011, p. 12).

Les nonnes sanglantes, les apparitions fantomatiques et autres manuscrits secrets caractérisent cet univers.

« En France, le succès des traductions des romans gothiques anglais donnera naissance à un courant frénétique » (*ibid.*, p. 18) avec des œuvres comme *L'Âne mort et la femme guillotinée* de Jules Janin (1829) [critique dramatique et écrivain, 1804-1874], *Madame Putiphar* de Pétrus Borel (1839) [poète et écrivain, 1809-1859] et surtout *Les*

Mémoires du diable de Frédéric Soulié (1838-1839) [romancier et journaliste, 1800-1847].

Dans les bois éternels débute sur une histoire de religieuse-tueuse qui hanterait la maison parisienne que vient d'acheter le commissaire Adamsberg : « C'est une revenante d'avant la Révolution [1789-1799]. Une vieille malfaisance, une ombre. » (p. 13) Le thème de « l'ombre » est posé, comme celui de la persécution des femmes (la religieuse ne s'en prend qu'à la gent féminine, et Adamsberg suit la piste macabre de deux jeunes femmes ainsi que celle d'une troisième, menacée). Puis le lecteur est introduit dans les cimetières et les tombes – lieux éminemment gothiques – de Montrouge et d'Opportune-la-Haute.

Une pointe d'ésotérisme

Dans le roman, le massacre des cerfs convoque la symbolique lointaine de cet animal – telle qu'elle est développée, par exemple, dans *Le Miracle de saint Hubert* (1912), de Louis Pergaud (écrivain français, 1882-1915) – qui représente la longévité et constitue aussi une image christique liée à la mort et à la résurrection. À cette symbolique s'adjoignent aussi celle du chat, petit félin associé jadis à la sorcellerie, familier de l'ombre et de la lumière, et celle du porc, diabolique, car représentant de maints vices et péchés (tels que la saleté, la gloutonnerie, la colère, la luxure).

Enfin, la piste des reliques de saint Jérôme et des os d'animaux aboutit à la découverte du fameux livre sulfureux, écrit au Moyen Âge, *De sanctis reliquis*, qui contient le secret de la vie éternelle, et se révèle être la raison de tous ces agissements délictueux ainsi que le mobile du meurtre des deux jeunes hommes égorgés.

LA VIE ÉTERNELLE EN LITTÉRATURE

La quête de la vie éternelle, doublée de celle d'une jeunesse préservée, est un thème particulièrement récurrent dans la littérature du XIXe siècle. Trois auteurs de renom en ont notamment donné leur version : dans *Faust* (1808), de Goethe (écrivain allemand, 1749-1832) l'éternité est accordée par le diable à Faust, à condition que celui-ci lui vende son âme ; dans *La Peau de chagrin* (1831) d'Honoré de Balzac (écrivain français,

1799-1850), elle tient dans un objet magique représentant la force vitale de son possesseur, mais qui se résorbe au fur et à mesure que celui-ci le sollicite pour exaucer un vœu ; enfin, dans *Le Portrait de Dorian Gray* (1891) d'Oscar Wilde (écrivain irlandais, 1854-1900), les marques de la vieillesse épargnent le visage de Dorian Gray pour se reporter sur son portrait peint.

C'est à travers tous ces éléments que le lecteur entre alors dans un registre dramatique, sous couleur d'un ésotérisme mâtiné d'horreur. Il s'initie peu à peu à un monde étrange et mystérieux, avant qu'Adamsberg n'en démontre finalement la rationalité.

Des intrigues secondaires

L'intrigue policière est encore parasitée d'une autre manière par l'ombre que laisse planer sur la culpabilité d'Adamsberg l'agression qu'a subie Veyrenc dans son enfance, et ce d'autant plus que le lieutenant menace aussi la position privilégiée que veut garder Adamsberg auprès de Camille, son ex-compagne, qui est aussi la mère de son fils. De fait, la question ressort à plusieurs endroits du récit : qui était le cinquième homme sous l'arbre, qui regardait les quatre autres le lyncher ?

L'histoire de Veyrenc détermine une partie du comportement et des prises de décision d'Adamsberg et de Danglard tout au long de l'intrigue. Elle fait naitre le soupçon que Veyrenc veut se venger du commissaire – Veyrenc sera même suspecté d'être « l'Ombre ». Une enquête est alors déclenchée parallèlement à la première : des renseignements sont pris sur la bande des quatre agresseurs, et l'on découvre que deux sont morts accidentellement. Veyrenc y serait-il pour quelque chose ?

Après la résolution de l'affaire principale, de retour sur le lieu du lynchage, Adamsberg donne à Veyrenc la preuve qu'il n'est pour rien dans son agression. Non seulement il résout l'intrigue policière, mais il met un point final à deux épisodes de sa vie : son impuissance, enfant, à porter secours à Veyrenc, et la séparation d'avec Camille, qu'il est plus disposé à accepter maintenant que son rapport avec Veyrenc est éclairci.

Quelques fantaisies stylistiques

Le cadre de l'intrigue policière établi, l'auteure s'accorde le loisir de diversifier le vocabulaire : extravagant (l'irruption du vers de douze syllabes dans le cadre d'échanges ordinaires) ; caricatural (le langage du personnel hospitalier) ou pseudo-ethnologique (la représentation d'un groupe de Normands). Ce sont autant de passages qui créent une rupture dans le déroulé de l'action, mais animent l'histoire et distraient le lecteur.

L'expression en alexandrins est particulièrement inattendue dans un roman policier, mais Veyrenc « avait été élevé dans cette mélopée, aussi naturelle à ses oreilles d'enfant que si quelqu'un chantonnait dans la maison » (p. 38) et, « répondant d'instinct à son aïeule sur le même mode » (*ibid.*), il en a fait un réflexe devenu un mode de mise à distance du réel, un « effet recul [qui] lui avait toujours apporté apaisement et réflexion » (p. 39). C'est pourquoi il versifie quand il est troublé. Il déteint même sur Retancourt qui, semi-comateuse, en citant deux alexandrins, aide Adamsberg à remonter la piste qui l'a menée vers l'assassin.

La prose a aussi son heure de gloire. Le cadre de l'hôpital offre l'occasion au narrateur de se moquer du langage infantilisant qu'adoptent les soignants vis-à-vis des malades (« On n'est pas encore endormi ? On n'est pas raisonnable », p. 350) ou de celui des chirurgiens (« – Où est la blessure du genou ? – Chambre 435, avec le bras. – Et la cuisse ? – Chambre 441 », p. 300). Cet effet comique en plein drame rappelle la façon dont le narrateur rend compte de la prise de contact d'Adamsberg avec les Normands du café d'Haroncourt : un pastiche couleur locale de la manière dont les autochtones discutent entre eux, établissent des frontières entre locaux, mais finissent par accepter le Parisien et par l'amener à ses dépens à s'intéresser au massacre d'un cerf.

En définitive, toutes ces histoires annexes, de genres différents (fantastique, policier, drama-tique, etc.) s'imbriquent au fur et à mesure les unes dans les autres et permettent à l'auteure de jouer sur plus d'un registre littéraire. Quand la machination finale est démontée et expliquée par le commissaire au cours de l'interrogatoire d'Ariane Lagarde, le lecteur découvre comment lui-même a été manipulé par l'assassin tout puissant : « Fatalité ? Destin ? Non, c'est toi qui fais le destin. C'est ainsi que tu m'as amené sur les lieux [en Normandie]. Dès lors, tu pouvais me diriger à ta guise, suivre les événements et te substituer au hasard » (p. 417), dit Adamsberg à Ariane.

L'OPPOSITION INTUITION-SCIENCE

Le conflit entre raison et intuition est un thème récurrent de la littérature policière : aux cellules grises d'Hercule Poirot, le héros d'Agatha Christie (femme de lettres britannique, 1890-1976), par exemple, s'opposent les intuitions de Maigret, le personnage créé par Georges Simenon (écrivain belge, 1903-1989), plus enclin à bavarder avec les suspects qu'à récolter l'indice qui a échappé à tout le monde. Tout au long du roman est travaillée une opposition entre l'intuition et la science. Divers éléments le prouvent.

Le « pelleteux de nuages »

Bien que soudée autour d'un même objectif et d'un même idéal, la brigade criminelle de Paris est sujette à des tensions qui se cristallisent autour de deux personnages, Adamsberg et Danglard, tous deux défenseurs d'un modus operandi particulier en ce qui concerne la résolution d'un crime.

Adamsberg, tout d'abord, est appelé le « pelleteux de nuages » (p. 45), un surnom qui lui vient du Québec (synonyme de rêveur ou d'idéaliste, cette expression québécoise apparait dans *Sous les vents de Neptune*, et est formulée par la police locale). Cette appellation souligne la propension du leadeur de la brigade à suivre son humeur et ses intuitions plutôt qu'à s'appuyer sur les preuves matérielles. Le commissaire semble aimer l'incertitude et prendre plaisir à ne pas se fier aux évidences. Ce mode d'investigation particulier oblige ses hommes à le suivre à l'aveuglette, à faire confiance à son jugement, qui repose parfois seulement sur de simples spéculations, des impressions, « un battement d'ailes, entre ciel et terre » (p. 266).

Le personnage laisse généralement ses idées vagabonder au gré de ses errances – il aime marcher pour organiser ses pensées (« Adamsberg ne savait réfléchir qu'en déambulant », p. 102) – jusqu'à ce que le point qui l'inquiète remonte à la surface :

<blockquote>« Tout paraissait toujours pouvoir se raccorder à tout, par des petits sentiers de traverse où s'enchevêtraient des bruits, des mots, des odeurs, des éclats, souvenirs, images, échos, grains de poussière. Et c'est avec cela seulement qu'il devait, lui, Adamsberg, diriger les vingt-sept agents de sa Brigade et obtenir, selon le terme récurrent du divisionnaire, des Résultats. » (p. 103)</blockquote>

Cette méthode fait cependant ses preuves, puisqu'elle l'incite à lier les crimes aux sacrifices des cerfs et à prendre en considération la médication ancestrale.

Danglard le rationnaliste

Contrairement à Adamsberg et à son attitude irrationnelle, Danglard a besoin de preuves matérielles et de témoignages pour étayer concrètement telle ou telle théorie. Les intuitions et les pressentiments ne lui suffisent pas, et il estime qu'ils peuvent prêter à confusion : « Les luttes sévères entre les "Pourquoi ?" précis de Danglard et les "Je ne sais pas" nonchalants du commissaire scandaient les enquêtes de la Brigade. » (p. 45) Le commandant a pour habitude de vouloir à tout prix aller au bout des choses, d'éclaircir toutes les questions et de ne pas laisser le doute embrumer son esprit.

Danglard fait la chasse aux « questions sans réponses » (p. 44), « comme un maniaque scrute et ôte les poussières tombées sur sa veste » (*ibid.*). Il est par conséquent constamment insatisfait (en raison de son impuissance à résoudre toutes les questions et de l'apparition de nouvelles interrogations), ce qui le mène à se réfugier dans la boisson.

Le reste de la brigade se situe, selon l'humeur de chacun ou les avancées de l'enquête, entre ces deux positions immuables et antagonistes. Si certains montrent un attachement indéfectible au commissaire (comme Estalère, qui lui voue un culte), d'autres sont plutôt réceptifs à la conception plus rationnelle de Danglard (Noël et Retancourt, notamment).

Alpha et Oméga

L'opposition entre attitude rationnelle et attitude irrationnelle s'incarne également dans le personnage du D^{re} Lagarde, tueuse dissociée :

- Alpha, la partie saine de son cerveau, se positionne clairement du côté de la science. Médecin légiste de profession, Ariane accorde une grande importance aux indices et aux preuves qu'elle trouve sur les corps et qui permettent à ses collègues d'élaborer des théories plausibles ;
- Oméga, cependant, sa partie malade et criminelle, se tourne vers l'irrationnel et la superstition. Ses crimes puisent leur motivation dans la recherche d'une médication ancestrale censée procurer la vie éternelle. Ce remède repose sur des croyances populaires (le caractère sacré des vierges, des os rares, des reliques de saint, etc.), héritées d'un autre temps. Malgré le côté extravagant de cette recette, Oméga y croit fermement. Adamsberg va même jusqu'à restituer la potion à une Ariane emprisonnée, persuadé que cela lui permettra de trouver un peu de paix.

LA THÉMATIQUE DE L'OMBRE

Fred Vargas accorde une grande importance au motif de l'ombre dans ce roman : « Danglard, la voyez-vous ? demanda Adamsberg. [...]

L'Ombre ? [...] Elle est là, Danglard. Elle voile le jour. Vous la sentez ? Elle nous drape, elle nous regarde. » (p. 104) Quand il y réfléchit, le commissaire s'aperçoit que l'ombre n'apparait qu'à la brigade et qu'elle existe depuis peu de temps – notons cependant qu'une première ombre apparait dès le début du roman, avec le fantôme féminin qui rôde dans la maison du commissaire.

Peu après le début de son enquête, Adamsberg rencontre une ombre quand il apprend que Claire Langevin, l'infirmière dissociée arrêtée par ses soins, s'est enfuie de sa prison allemande et n'a pas été retrouvée. Sa partie Oméga (la partie malade) semble vouloir se venger du commissaire, comme le montrent les nombreux indices récoltés au cours de l'enquête (la tueuse est une femme issue du monde médical et porte des chaussures bleues dont elle cire la semelle). Adamsberg se lance donc à la poursuite de cette ombre insaisissable, qu'il tient pour responsable de tous les crimes commis (ceux des hommes, des vierges et des cerfs).

Celle-ci aurait d'ailleurs été vue au moins deux fois : par le gardien du cimetière et par le neveu de l'un des Normands. Les descriptions coïncident chez les deux hommes : « Ce n'est pas un homme, ce n'est pas une femme, c'est une ombre, grise et lente. Elle marchait en glissant, au bord de tomber » (p. 117) ; « Une sorte de longue bonne femme [...] grise, toute enveloppée, sans visage. La mort, quoi, Béarnais. [...] Elle marchait pas comme les autres. Elle glissait dans le cimetière, toute droite et lente. » (p. 179) Grimal, l'agent chargé de surveiller Francine (la troisième vierge) l'aperçoit également.

Mais l'identité de cette ombre est remise en question après la découverte des leurres (le cirage bleu). Dès lors, Adamsberg pense qu'il s'agit de Veyrenc. L'ombre reste anonyme jusqu'à la conversation entre le Dr Romain et le commissaire : on découvre qu'il s'agit en fait d'Ariane Lagarde, qui a tout manigancé en secret et dont une partie (Oméga) reste dans l'ombre.

Remarquons enfin qu'après analyse, on se rend compte que Clarisse (le fantôme de la maison d'Adamsberg) et Claire sont deux prénoms qui ont pour étymologie l'adjectif latin *clarus* (signifiant « clair », « évident »), ce qui les rend incompatibles avec les attributs mêmes de l'ombre, sombre et insaisissable.

Classique dans son genre, avec pourtant ce personnage inclassable du commissaire Adamsberg qui donne le tempo à l'intrigue, cette histoire énigmatique sur fond de roman noir avance en découvrant plusieurs facettes qui rendent sa résolution plus complexe. L'auteure profite aussi de la liberté que le genre policier offre pour exprimer sa fantaisie et enchâsser dans le récit des histoires plus ou moins influentes sur l'affaire en cours, mais qui animent sans conteste la narration.

PISTES DE RÉFLEXION

QUELQUES QUESTIONS POUR APPROFONDIR SA RÉFLEXION...

- Comment comprenez-vous le titre de ce roman ? Interprétez.
- Dressez un portrait complet de la brigade grâce aux informations contenues dans le roman.
- Montrez l'évolution des relations entre Adamsberg et Veyrenc.
- Confrontez les méthodes d'investigation propres à Adamsberg et Danglard, puis comparez-les aussi à celles d'autres grands personnages d'enquêteurs de la littérature policière.
- Le roman, qui débute sur le fantôme de sainte Clarisse, s'achève sur l'accident mortel de Claire Langevin. Relevez les correspondances entre ces deux temps du récit.
- Entre impression et réalité, distinguez la part de l'ombre dans cette histoire. En particulier pour Adamsberg, Veyrenc et Lagarde.
- Montrez en quoi la dimension symbolique (éléments ésotériques, ombres, prénoms, etc.)

est importante dans le roman et participe véritablement à sa dynamique.

- Dans quelle mesure peut-on qualifier cette œuvre de roman policier ? Justifiez.
- Si le criminel dit « dissocié » est étonnant, que penser du côté des gens dits « normaux » de l'épisode du chat policier suivi en hélicoptère ?
- Comment l'auteure réussit-elle son coup de théâtre à destination du lecteur dans l'épisode du piège tendu à « l'Ombre ? » Analysez cet épisode du chapitre LXI.

Votre avis nous intéresse !
Laissez un commentaire sur le site de votre
librairie en ligne
et partagez vos coups de cœur sur les réseaux
sociaux !

POUR ALLER PLUS LOIN

ÉDITION DE RÉFÉRENCE

- VARGAS F., *Dans les bois éternels*, Paris, Viviane Hamy, 2006.

ÉTUDES DE RÉFÉRENCE

- RABOURDIN D., « Entretien avec Fred Vargas », in *Le Polar : d'Edgard Poe à James Ellroy*, *Le Magazine littéraire*, hors-série n° 17, juillet-aout 2009.
- OLIVIER-MARTIN Y., « Origines secrètes du roman policier français », in *Europe*, n° 571-572, novembre-décembre 1976.
- CHASTAING M., « Le roman policier "classique" », in *Europe*, n° 571-572, novembre-décembre 1976.
- RIVIÈRE F., « Fascination de la réalité travestie » in *Europe*, n° 571-572, novembre-décembre 1976.

SUR LEPETITLITTÉRAIRE.FR

- Fiche de lecture sur *L'Armée furieuse* de Fred

Vargas.

- Fiche de lecture sur *Pars vite et reviens tard* de Fred Vargas.
- Fiche de lecture sur *Temps glaciaires* de Fred Vargas.

Retrouvez notre offre complète sur lePetitLittéraire.fr

- des fiches de lectures
- des commentaires littéraires
- des questionnaires de lecture
- des résumés

ANOUILH
- Antigone

AUSTEN
- Orgueil et
  Préjugés

BALZAC
- Eugénie Grandet
- Le Père Goriot
- Illusions perdues

BARJAVEL
- La Nuit des
  temps

BEAUMARCHAIS
- Le Mariage
  de Figaro

BECKETT
- En attendant
  Godot

BRETON
- Nadja

CAMUS
- La Peste
- Les Justes
- L'Étranger

CARRÈRE
- Limonov

CÉLINE
- Voyage au bout
  de la nuit

CERVANTÈS
- Don Quichotte
  de la Manche

CHATEAUBRIAND
- Mémoires
  d'outre-tombe

**CHODERLOS
DE LACLOS**
- Les Liaisons
  dangereuses

CHRÉTIEN DE TROYES
- Yvain ou le
  Chevalier au lion

CHRISTIE
- Dix Petits Nègres

CLAUDEL
- La Petite Fille de
  Monsieur Linh
- Le Rapport
  de Brodeck

COELHO
- L'Alchimiste

CONAN DOYLE
- Le Chien des
  Baskerville

DAI SIJIE
- Balzac et la
  Petite
  Tailleuse chinoise

DE GAULLE
- Mémoires
  de guerre
  III. Le Salut.
  1944-1946

DE VIGAN
- No et moi

DICKER
- La Vérité sur
  l'affaire Harry
  Quebert

DIDEROT
- Supplément
  au Voyage de
  Bougainville

DUMAS
- Les Trois
  Mousquetaires

ÉNARD
- Parlez-leur
  de batailles,
  de rois et
  d'éléphants

FERRARI
- Le Sermon sur la
  chute de Rome

FLAUBERT
- Madame Bovary

FRANK
- Journal
  d'Anne Frank

FRED VARGAS
- Pars vite et
  reviens tard

GARY
- La Vie devant soi

GAUDÉ
- La Mort du
  roi Tsongor
- Le Soleil des
  Scorta

GAUTIER
- La Morte
  amoureuse
- Le Capitaine
  Fracasse

GAVALDA
- 35 kilos d'espoir

GIDE
- Les
  Faux-Monnayeurs

GIONO
- Le Grand
  Troupeau
- Le Hussard
  sur le toit

GIRAUDOUX
- La guerre de
  Troie
  n'aura pas lieu

GOLDING
- Sa Majesté des
  Mouches

GRIMBERT
- Un secret

HEMINGWAY
- Le Vieil Homme
  et la Mer

HESSEL
- Indignez-vous !

HOMÈRE
- L'Odyssée

HUGO
- Le Dernier Jour
  d'un condamné
- Les Misérables
- Notre-Dame
  de Paris

HUXLEY
- Le Meilleur
  des mondes

IONESCO
- Rhinocéros
- La Cantatrice
  chauve

JARY
- Ubu roi

JENNI
- L'Art français
  de la guerre

JOFFO
- Un sac de billes

KAFKA
- La Métamorphose

KEROUAC
- Sur la route

KESSEL
- Le Lion

LARSSON
- Millenium I. Les
  hommes qui
  n'aimaient pas
  les femmes

LE CLÉZIO
- Mondo

LEVI
- Si c'est un
  homme

LEVY
- Et si c'était vrai…

MAALOUF
- Léon l'Africain

MALRAUX
- La Condition humaine

MARIVAUX
- La Double Inconstance
- Le Jeu de l'amour et du hasard

MARTINEZ
- Du domaine des murmures

MAUPASSANT
- Boule de suif
- Le Horla
- Une vie

MAURIAC
- Le Nœud de vipères

MAURIAC
- Le Sagouin

MÉRIMÉE
- Tamango
- Colomba

MERLE
- La mort est mon métier

MOLIÈRE
- Le Misanthrope
- L'Avare
- Le Bourgeois gentilhomme

MONTAIGNE
- Essais

MORPURGO
- Le Roi Arthur

MUSSET
- Lorenzaccio

MUSSO
- Que serais-je sans toi ?

NOTHOMB
- Stupeur et Tremblements

ORWELL
- La Ferme des animaux
- 1984

PAGNOL
- La Gloire de mon père

PANCOL
- Les Yeux jaunes des crocodiles

PASCAL
- Pensées

PENNAC
- Au bonheur des ogres

POE
- La Chute de la maison Usher

PROUST
- Du côté de chez Swann

QUENEAU
- Zazie dans le métro

QUIGNARD
- Tous les matins du monde

RABELAIS
- Gargantua

RACINE
- Andromaque
- Britannicus
- Phèdre

ROUSSEAU
- Confessions

ROSTAND
- Cyrano de Bergerac

ROWLING
- Harry Potter à l'école des sorciers

SAINT-EXUPÉRY
- Le Petit Prince
- Vol de nuit

SARTRE
- Huis clos
- La Nausée
- Les Mouches

SCHLINK
- Le Liseur

SCHMITT
- La Part de l'autre
- Oscar et la
  Dame rose

SEPULVEDA
- Le Vieux qui
  lisait des romans
  d'amour

SHAKESPEARE
- Roméo et Juliette

SIMENON
- Le Chien jaune

STEEMAN
- L'Assassin
  habite au 21

STEINBECK
- Des souris et
  des hommes

STENDHAL
- Le Rouge et
  le Noir

STEVENSON
- L'Île au trésor

SÜSKIND
- Le Parfum

TOLSTOÏ
- Anna Karénine

TOURNIER
- Vendredi ou
  la Vie sauvage

TOUSSAINT
- Fuir

UHLMAN
- L'Ami retrouvé

VERNE
- Le Tour
  du monde
  en 80 jours
- Vingt mille
  lieues sous
  les mers
- Voyage au
  centre de
  la terre

VIAN
- L'Écume des jours

VOLTAIRE
- Candide

WELLS
- La Guerre des
  mondes

YOURCENAR
- Mémoires
  d'Hadrien

ZOLA
- Au bonheur
  des dames
- L'Assommoir
- Germinal

ZWEIG
- Le Joueur
  d'échecs

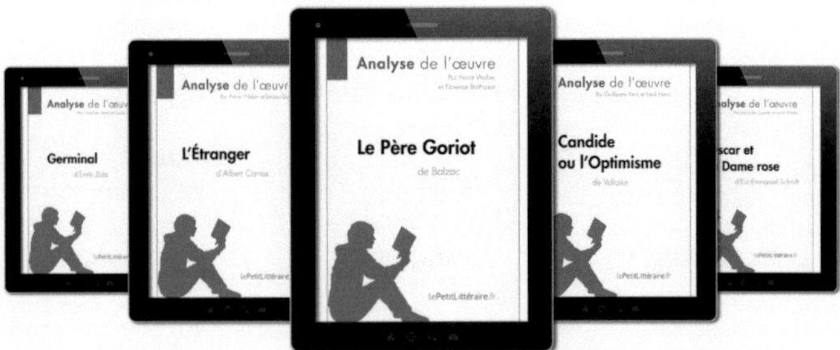

L'éditeur veille à la fiabilité des informations publiées, lesquelles ne pourraient toutefois engager sa responsabilité.

© LePetitLittéraire.fr, 2017. Tous droits réservés.

www.lepetitlitteraire.fr

ISBN version numérique : 978-2-8062-5337-8
ISBN version papier : 978-2-8062-5338-5
Dépôt légal : D/2017/12603/828

Avec la collaboration de Paola Livinal pour les encadrés sur « Le roman gothique » et « La vie éternelle », ainsi que pour le chapitre « Un genre policier ludique ».

Conception numérique : Primento,
le partenaire numérique des éditeurs.

Ce titre a été réalisé avec le soutien de la Fédération Wallonie-Bruxelles, Service général des Lettres et du Livre.